Harry Potter

필 / 름 / 볼 / 트

VOLUME 10

Harry Potter

필 / 름 / 볼 / 트

VOLUME 10

마법사 세계의 집과 마을

조디 리벤슨 지음 | 고정아, 강동혁 옮김

문학수첩

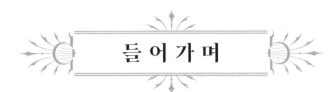

들어가며

해리 포터는 마법사 세계를 처음으로 접하면서, 마법사들이 여러 세대에 걸쳐 머글들과 함께 살아왔다는 사실을 알게 된다. 런던과 그 주위에는 마법사들이 가게와 지낼 곳, 운송 수단까지 갖춘 공동체를 이루고 사는 작은 공간들이 있다. 영국 전역에 마법사들의 집과 저택들이 자리 잡고 있다. 그중 일부는 머글 이웃들의 눈에도 뻔히 보이고, 일부는 조용하고 고립된 시골이나 파도가 넘실거리는 해변에 있다. 주민 전부 혹은 대부분이 마법사인 마을들도 있다.

호그스미드와 고드릭 골짜기가 그런 마법사 마을의 예다. 호그와트 마법학교 바로 옆, 스코틀랜드 하일랜드에 틀어박혀 있는 호그스미드는 영국에서 유일하게 마법사들만 거주하는 마을이다. 프로덕션 디자이너 스튜어트 크레이그는 호그스미드를 런던 한복판에 자리 잡고 있는 쇼핑 및 주거 지역과 비교하며 이렇게 말한다. "호그스미드는 다이애건 앨리의 시골 버전입니다. 호그와트 주변 도로에서 살짝 벗어난 곳에 있죠." 크레이그는 호그스미드를 빅토리아 양식의 다이애건 앨리와는 눈에 띄게 다른 스타일로 꾸미고 싶어서 이 마을을 수목한계선 위쪽의 높은 산에 배치했다. 이 마을은 언제나 눈에 뒤덮여 있지만, 호그스 헤드와 스리 브룸스틱스라는 두 술집과 친절한 주민들 덕분에 따뜻하다. 이곳의 수많은 가게들은 근처 학생에게 학용품이나 스포츠 용품, 장난감, 과자를 제공한다. 호그스미드 외곽에는 영국에서 가장 유령이 많이 나오는 집이 있다.

2쪽: 블랙 가문의 저택은 피델리우스 마법으로 그리몰드가에 숨겨져 있다. 〈해리 포터와 불사조 기사단〉을 위해 그린 앤드루 윌리엄슨의 콘셉트 아트. **4쪽:** 〈해리 포터와 비밀의 방〉에서 하늘을 나는 포드 앵글리아가 버로에 도착하는 모습을 그린 앤드루 윌리엄슨의 콘셉트 아트. **위:** 위즐리 가족의 집 버로의 스케치. **아래:** 대니얼 래드클리프, 에마 왓슨, 루퍼트 그린트가 〈해리 포터와 아즈카반의 죄수〉의 호그스미드 세트장 앞에서 포즈를 취하고 있다.

고드릭 골짜기는 마법사들만 사는 마을은 아니지만 호그와트 창립자 중 한 명인 고드릭 그리핀도르의 고향이며, 역사상 가장 유명한 몇몇 마법사 가문의 본거지이기도 하다. 고드릭 골짜기의 교회 묘지에는 죽음의 성물의 탄생과 관련됐다고 여겨지는 페버럴 삼형제 중 적어도 한 명의 무덤이 있다. 그곳에 사는 유명한 사람으로는 호그와트 교장 알버스 덤블도어의 가족과 저명한 역사학자 바틸다 백숏, 작은 오두막에서 볼드모트에게 살해당한 해리의 부모님 제임스와 릴리 포터 등이 있다. 스튜어트 크레이그와 장소 섭외 관리자 수 퀸은 서퍽의 작은 마을들을 돌아다닌 끝에 래버넘을 찾았다. 크레이그는 말한다. "그 풍요로운 서퍽 마을에서도 가장 경치가 좋고 아름다운 곳이었습니다. 우리는 래버넘에 예전에는 활용하지 못했던 어떤 스타일이 있다고 판단했어요. 영국 남부의 고향 마을 같은 모습이 있더군요. 무척 적절해 보였습니다. 건축적으로 상당히 극적인 변화를 보여줄 수도 있었고요."

모든 마법사가 마법 공동체로만 이루어진 마을에 사는 것은 아니다. 일부는 좀 더 외떨어진 곳에 집을 만든다. 유명한 마법사 가문에 속하는 위즐리 가문과 말포이 가문은 광활한 토지로 둘러싸인 집을 가지고 있다. 말포이 저택은 영국 남서부 지방에 세워졌다. 버로 역시 남서부의 오터리 세인트 캐치폴에 자리 잡고 있다. 그 근처에는 말 많고 탈 많은 신문인 《이러쿵저러쿵》의 편집자 제노필리우스 러브굿을 포함한 다른 마법사 가족들도 살고 있다. 크레이그는 러브굿의 집을 버로를 둘러싼 고립된 늪지대와 유사한 풍경에 배치했다. 그가 설명한다. "마법사들의 집은 머글 세상에서는 보이지 않는 황량한 곳에 있는 편이 낫습니다. 그래야 머글들이 접근할 수 없거든요. 제 생각에는 이것이야말로 다른 세상에는 보이지 않는 마법사 주택에 꼭 필요한 조건입니다." 버로의 배경으로 쓰인 시골 지방은 영국 남

부 해안 근처에 있지만, 러브굿의 집은 그래싱턴의 황무지에 자리 잡고 있다. 그래싱턴은 버로에서 북쪽으로 480킬로미터 떨어져 있는 요크셔의 마을이다. 크레이그는 말한다. "그래도 둘은 같이 있는 것이 이상하지 않습니다. 한 집에서 언덕 하나만 넘으면 다른 집이 나온다고 생각할 수 있죠."

다른 마법사 주택은 머글들의 집 사이에 자리 잡고 있다. 가장 오래된 마법사 가문 중 하나인 고귀하고 유서 깊은 블랙 가문의 집은 런던 시내의 우아한 거주 구역에 자리 잡고 있다. 단, 이들은 테라스가 딸린 이 도시 주택을 줄지어 선 인근 건물들 사이에 숨겨두었다. 이 저택은 해리 포터의 대부인 시리우스가 어린 시절에 살던 집이다. 그리몰드가 11번지와 13번지에 사는 사람들은 12번지가 실제로 존재한다는 걸 알면 놀랄 것이다. 이 저택은 피델리우스 마법을 통해서만 모습을 드러내기 때문이다. 마법약 교수인 세베루스 스네이프가 어린 시절에 살던 집은 그다지 감춰져 있지 않지만, 스피너스가라는 이름이 붙은 방치된 공업 지대에 있어서 확실히 눈에 띄지 않는다.

스튜어트 크레이그는 마법사 주택의 배경과 건축 양식을 선택하는 일에 관해 이렇게 말한다. "서사를 전달하고 이야기를 전해야 합니다. 협업도 필요하고요. 우리는 초기 디자인을 제시하고 함께 이야기를 나눕니다. 모형을 만들고 콘셉트를 의논하죠. 어느 세트장을 상상하든, 모든 것은 변할 수 있습니다." 크레이그는 늘 강력한 아이디어에서부터 출발하려고 노력했다. "저는 논쟁과 토론에서 이겨 그 아이디어의 힘을 유지하고, 아이디어가 지나치게 희석되지 않도록 애썼습니다. 하지만 늘 거래가 발생하게 되죠." 그는 미소 지으며 덧붙인다. "글쎄, 그건 안 되겠지만 이건 할 수 있을 것 같은데' 하는 식으로 말입니다. 이 집들을 디자인하는 건 확실히 공이 들어가면서도 즐거운 작업이었습니다."

8쪽: 세베루스 스네이프가 말포이 저택에 접근하고 있다. 〈해리 포터와 죽음의 성물 1부〉를 위해 그린 앤드루 윌리엄슨의 콘셉트 아트.
맨 위: 〈해리 포터와 혼혈 왕자〉의 스피너스가 장면.
중간: 〈해리 포터와 죽음의 성물 1부〉에서 론 위즐리(루퍼트 그린트)가 버로 앞에 서 있다.
아래: 앤드루 윌리엄슨이 그린 버로의 콘셉트 아트.

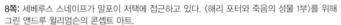

CHAPTER 1
마법사 마을

"호그스미드 방문은 큰 특권입니다."

맥고나걸 교수, 〈해리 포터와 아즈카반의 죄수〉

호그스미드 마을

호그와트 밖으로 나가는 첫 '현장 학습' 장소인 호그스미드 마을은 3학년 이상만이 갈 수 있는 곳이다. 해리 포터와 3학년 학생들은 〈해리 포터와 아즈카반의 죄수〉에서 호그스미드를 처음 방문한다. 비록 해리는 허니듀크스로 가는 비밀 통로를 통해서 가지만 말이다.

스튜어트 크레이그는 호그스미드를 스코틀랜드 고원지대에 튼튼하게 뿌리내린 마을로 생각했다. 그는 호그스미드에 독특한 테마와 느낌을 주고자 설선snow line 위에 마을을 지었다. "그것이 외딴 느낌을 주었죠. 호그스미드는 항상 눈에 덮인 모습으로 나와요." 크레이그의 이런 결정을 통해 제작진은 롤링이 〈해리 포터와 아즈카반의 죄수〉에 쓴 "호그스미드는 꼭 크리스마스카드에 나오는 그림처럼 보였다"는 표현을 화면에 옮길 수 있었다.

호그스미드는 실제로도 다이애건 앨리를 개조해 사용

됐다. 스코틀랜드 산들의 화강암을 사용한 호그스미드의 건물들은 17세기 스코틀랜드 건축 구조의 특징인 가파른 지붕과 '까마귀 발판'이라고 부르는 박공, 작은 박공창, 높고 좁은 굴뚝을 가진다. 눈보라에 싸인 채로도 마을은 다정한 분위기를 풍긴다. 크레이그가 말한다. "즐거운 풍경이죠. 바깥은 춥고 험악한 날씨지만, 상점 창문들은 모두 따뜻한 불을 밝히고 버터맥주나 알록달록한 마법사탕이 가득한 공간으로 손님의 발길을 끄니까요." 호그스미드의 집들은 다이애건 앨리처럼 모두 약간씩 기울어져서, 똑바로 선 건물이 거의 없다. 미술 조감독 게리 톰킨스는 말한다. "만약 목조 건물이 주저앉는다면 문틀이나 이음새가 뒤틀리겠죠. 돌은 그렇지 않아요. 석조 건물은 통째로 주저앉겠죠." 톰킨스와 크레이그는 건물의 모양과 그 건물이 어떤 식으로 주저앉고 있는지에 관해

10~11쪽과 위: 호그스미드 마을 콘셉트 아트(앤드루 윌리엄슨).
13쪽: 호그스미드 집들이 경사진 거리에 서 있는 것을 알 수 있는 건축 설계도(아래 오른쪽)와 실제 모형으로 만든 호그스미드 거리(아래 왼쪽).

논의했다. 톰킨스는 "문틀은 어떻게 움직이고 창문은 어떻게 기울어야 할지" 고민했다. "결국 수직으로 선 벽은 하나도 보이지 않게 됐죠!"

호그스미드 건물과 거리를 덮은 눈은 특수 소금이었다. 톰킨스가 말한다. "음식에 넣는 소금은 건조하고 잘 뭉치지 않아요. 이 소금은 눈처럼 잘 뭉치고, 심지어 밟으면 뽀드득 소리도 나죠."

제작진은 과일을 딸 때 쓰는 크레인 비슷한 기계를 사용해 이 '눈'을 설정 숏이나 롱 숏에 쓴 마을의 축소 모형에도 뿌렸다. 모형은 실물 크기로 만들지 않은 마을의 나머지 부분을 채웠고, 스튜디오 세트만큼이나 정교했다. 건물 앞에는 작동이 되는 놋쇠 랜턴이 길을 밝혔는데, 램프 안에 든 소형 전구들은 물건이 가득한 상점 창문들도 밝혔다. 허니듀크스에는 사탕 병들이 있고, 포타주의 솥 단지 가게 호그스미드 지점에는 솥들이 쌓여 있다. 스크리븐샤프트 깃펜 가게 창문에는 초미니 깃펜들이, 스핀트위치의 스포츠 장비 가게에는 작은 빗자루들이 놓였다. 톰킨스가 말한다. "인형 놀이용 가구를 사면 된다고 생각할지도 모르지만, 그중에 부엉이 새장이나 솥 같은 것은 별로 없어요. 상점 창문에 있는 물건의 90퍼센트는 우리가 직접 만든 것들이에요." 톰킨스는 마법사 모자나

부엉이 새장 같은 소품을 배열하고 사진을 찍은 뒤, 이것을 축소하고 판지에 붙여서 작은 돌출창 안에 놓았다. 톰킨스는 호그스미드 거리의 인적도 만들었다. "발이 달린 작은 막대기 2개를 만들어서, 이 발로 발자국을 찍으며 건물에서 나와 눈길을 '걸어갔'어요. 심지어 개 발자국도 찍어서 누가 눈 속에서 개를 산책시킨 것처럼 꾸몄죠!"

위 왼쪽부터 시계방향으로: 마분지로 만든 호그스미드 모형./영화에 흔히 쓰는 재료인 특수 소금을 호그스미드 세트와 모형에 뿌렸다./호그스미드 세트장의 영화제작진.
오른쪽: 호그스미드 거리 너머로 악쓰는 오두막이 보이는 장면 콘셉트 아트.

호그스미드역

호그스미드역은 학생들이 호그와트 급행열차를 타고 도착하거나 출발하는 곳이다. 〈해리 포터와 마법사의 돌〉에서 해그리드는 이곳에서 신입생들을 만나고, 영화 끝에서는 여름방학을 맞아 그들이 집으로 떠나는 모습을 지켜본다. 〈마법사의 돌〉에 나오는 장면은 노스요크셔 무어 철도의 인기 있는 옛 기차 노선이 지나가는 고틀랜드 마을 역에서 촬영됐다. 1865년에 지어진 이 역은 간판을 바꾸고 배경에 디지털로 호그와트 성 배경을 합성하는 것만으로 자연스럽게 마법 세계에 들어올 수 있었다. 〈해리 포터와 불사조 기사단〉에서는 기차에서 내린 학생들이 세스트럴이 끄는 마차로 갈아타기 때문에, 시리즈 내내 금지된 숲 장면을 찍은 블랙 파크에 역과 선로 일부를 지어 촬영을 진행했다.

사용자: 호그와트 급행열차 승객

촬영 장소: 잉글랜드 노스요크셔주 고틀랜드 마을 역, 잉글랜드 버킹엄셔주 블랙 파크

영화 속 등장: 〈해리 포터와 마법사의 돌〉, 〈해리 포터와 불사조 기사단〉

위, 16쪽 아래: 호그스미드역에 도착하는 호그와트 학생들 콘셉트 아트.
17쪽 아래: 고틀랜드역 전경.

악쓰는 오두막

악쓰는 오두막은 호그스미드 마을 근처 언덕에 위치한 삐걱대고 흔들리는 낡은 건물이다. 〈해리 포터와 아즈카반의 죄수〉에서 이 건물은 리머스 루핀이 호그와트 학생 시절에 늑대인간이 되었을 때 지내기 위해 세워졌다는 사실이 밝혀진다.

스튜어트 크레이그는 악쓰는 오두막에 고유한 개성이 있어야 한다고 보았다. "그 집은 계속 바람에 시달리는 것처럼 삐걱거리며 움직여야 했어요." 크레이그는 특수효과 감독 존 리처드슨과 스티브 해밀턴의 도움을 받아 세트를 지었다. 먼저 오두막을 움직일 방법을 파악하기 위해서 모형을 만들고, 그런 뒤에 유압식 단 위에 실물 크기 세트를 지었다. 구조 속에 구조를 지은 셈이다. 크레이그는 "먼저 유압식 장치로 움직이는 커다란 철골 구조를 만들고, 그것을 뼈대로 하는 세트를 지었"다고 설명한다. 흔들림이 워낙 커서 오두막은 벽 외의 부분까지 움직였다. "문도 덜렁거리고, 덧창들도 덜렁거리고, 벽을 덮은 천도 펄럭였어요. …… 온 방이 움직였죠." 알폰소 쿠아론 감독이 덧붙였다. "오두막 전체가 흔들리고 움직이게 하자는 것은 스튜어트의 아이디어였어요.

그래서 세트 전체를 앞뒤로 기울이고, 끼익끼익 삐걱거리게 하고, 벽을 움직이는 구조물에 이 큰 세트를 지었죠. 어떤 사람들은 벽이 움직이는 모습을 보는 것만으로 멀미를 했어요!"

크레이그는 리머스 루핀의 특징도 반영했다. "악쓰는 오두막으로 가는 길은 루핀이 늑대인간으로 변하는 고통의 길이에요." 크레이그의 설명이다. 그래서 호그와트의 가구들을 가져다가 꾸몄을 그 방은 루핀의 내적 고통을 반영하듯 형태가 거칠게 파손되었다. "그의 침대는 한때 화려했지만 이제는 완전히 망가지고 허물어져 있어요. 그 방에 그런 고통스러운 변신, 참혹한 고통, 그가 가한 폭력과 파손의 역사를 담고 싶었죠." 크레이그의 팀은 복잡한 구조에 세밀한 디자인을 담는 어려운 과제를 잘 수행했고, 오두막에 깊은 정서적 느낌을 담는 데 성공했다.

악쓰는 오두막은 감독과 배우들에게도 어려움을 안겨주었다. 알폰소 쿠아론은 "모든 것이 먼지에 덮여 있어야 했"다고 고충을 토로했다. "그래서 촬영 전에 먼저 먼지를 뿌리고 촬영을 했죠. 그런 뒤 한 테이크를 찍으면 바닥에 발자국이 가득 차서 다시 먼지를 뿌려야 했어요. 테이크 하나하나마다 그런 식으로 작업했죠." 대니얼 래드클리프(해리 포터)는 "벽이 삐걱대는 소리가 어찌나 요란한지 가끔 다른 사람이 하는 말도 잘 들리지 않았어요"라고 이야기했다.

크레이그는 관객들이 보지는 못해도 그 오두막에 들어간 치밀하고 꼼꼼한 노력은 느낄 수 있을 거라고 자부한다. "자세히 보면 특수효과 장치가 된 강철 틀 안에 나무들이 있어요. 내부뿐 아니라 외부에도 나무널을 댄 후에 전체를 실크 태피스트리로 덮었죠." 그는 기술이 계속 발전하는 시대니만큼 이런 정교한 노력이 필요하다고 믿는다. "이전까지의 영화제작에서는 관객들이 정확히 보거나 이해하기 힘들다는 사실이 일정한 기능을 했어요. 하지만 오늘날 같은 DVD 시대에는 언제든지 영화를 중지시키고 분석할 수 있어요. 그렇기 때문에 아무리 정밀하게 만들어도 부족하지 않다고 생각해요."

사용자:

도둑들(리머스 루핀, 제임스 포터, 시리우스 블랙, 피터 페티그루)

영화 속 등장:

〈해리 포터와 아즈카반의 죄수〉

18~19쪽, 왼쪽 위부터 시계방향으로: 악쓰는 오두막 겉모습 모형./〈해리 포터와 아즈카반의 죄수〉에서 보이는 거실의 세트./론과 헤르미온느가 오두막으로 가는 모습 콘셉트 아트(애덤 브록뱅크).

호그스 헤드

〈해리 포터와 불사조 기사단〉에서 호그와트 학생들은 호그스미드에 있는 호그스 헤드 술집에 모여 덤블도어의 군대라는 새로운 모임을 꾸린다. 헤르미온느 그레인저는 조금 지저분한 그곳이 비밀 유지에 제격이라고 생각한다. 술집에 들어갈 때, 학생들은 입구에 장식된 술집의 상징인 벽에 붙은 커다란 돼지 머리를 보지 않을 수 없다. 돼지는 두 눈을 굴리고 코를 킁킁거리며, 마법 생명체 제작 감독 겸 특수분장팀장 아티스트 닉 더드먼의 표현에 따르자면 침을 "질질" 흘린다. 더드먼은 이 머리가 꽤 크게 움직이도록 설계했다. "돼지 머리는 가볍게 지나가는 유머 장면이고, 그런 작업은 언제나 즐거워요. 단 한 장면에만 나와 잠시 긴장을 풀어주는 게 전부라고 해도요." 이 장난스러운 대목은 영화에 아주 잠깐 나올 뿐이지만, 더드먼의 팀은 이 돼지 머리 로봇 인형을 만드는 일에 영화 속 다른 괴물들에 뒤지지 않는 정성을 기울였다. "이런 것을 만드는 데는 시간이 많이 들어요. 조각을 하고, 모형을 뜨고, 실리콘으로 가죽을 만들고, 색을 칠해야 하죠." 가장 시간이 많이 든 공정은 머리에 털을 한 올씩 심는 일이었다. "하지만 그렇게 하면 다른 방식으로는 얻을 수 없는 현실감이 생겨요." 더드먼이 덧붙였다.

호그스 헤드는 전형적인 영국 술집의 특징을 과장해서 만들었다. 스튜어트 크레이그는 "특징적인 요소들을 담았다"고 말한다. "두꺼운 참나무 들보, 기울어진 벽, 울퉁불퉁한 바닥 등이죠. 하지만 그곳은 실제 술집들보다 더 기울었어요. 참나무 기둥도 실제 술집들보다 더 두껍고요. 그리고 실제 술집보다 훨씬 낡고 지저분하죠."

〈해리 포터와 죽음의 성물 2부〉에서 해리, 론, 헤르미온느는 나머지 호크룩스를 찾아 호그와트로 돌아갈 때, 호그스 헤드에 있는 비밀 통로를 이용한다.

20~21쪽, 왼쪽 위부터 시계방향으로: 애니메트로닉 돼지 머리 도안./바텐더의 시점에서 바라본 술집의 모습을 담은 앤드루 윌리엄슨의 그림./네빌 롱보텀(매슈 루이스)이 아리아나 덤블도어의 초상화 뒤에서 나타나는 모습./〈해리 포터와 불사조 기사단〉 속 호그스 헤드./앤드루 윌리엄슨의 그림.

사용자: 로즈메르타 씨, 호그와트 학생

촬영 장소: 리브스덴 스튜디오

영화 속 등장: 〈해리 포터와 아즈카반의 죄수〉, 〈해리 포터와 혼혈 왕자〉

위: 해리, 론, 헤르미온느가 해그리드와 맥고나걸 교수를 따라 스리 브룸스틱스에 가는 모습을 담은 앤드루 윌리엄슨의 그림.

23쪽: 스리 브룸스틱스 내부 세트.

스리 브룸스틱스

스리 브룸스틱스는 〈해리 포터와 아즈카반의 죄수〉에 잠깐 등장하는데, 이때 해리 포터는 (투명 망토를 쓰고) 맥고나걸 교수와 마법 정부 총리 코닐리어스 퍼지, 로즈메르타 씨를 따라 이 술집의 2층에 올라가서 시리우스 블랙에 대한 이야기를 듣는다. 그들이 만나는 방은 리키 콜드런에 있는 튜더풍 목조 조각 벽 같은 분위기를 풍긴다. 실제로 스리 브룸스틱스는 동물 머리 박제 장식을 추가한 호그스미드판 리키 콜드런이라고 할 수 있다.

술병 하나 허투루 지나치지 않고 꼼꼼하게 장식된 스리 브룸스틱스에는 버터맥주 술통과 주전자, 큰 술잔 들이 놓였다. 두꺼운 들보가 딸린 아치 아래 방 한쪽 끝에서는 커다란 벽난로가 타오르고, 그 위쪽의 벽에는 크고 작은 사슴뿔이 달린 트로피들이 장식되어 있다. 바에는 과거에 하루의 마지막 술을 알리는 데 사용했던 작은 종도 있다. 그래픽 팀은 이 술집 겸 여관이 파는 술에 블리솄 파이어위스키, 드래곤 배럴 브랜디 같은 상표를 붙이고 마법 세계뿐 아니라 머글 세계에서도 유명해진 간식인 블랙캣 감자칩, 스리 브룸스틱스 제조 (즉석 구이) 스펠바인딩 땅콩 상표도 붙였다.

허니듀크스

천장까지 사탕이 들어찬 허니듀크스 과자 가게는 마법 세계 어린이들에게 인기 만점이다. 〈해리 포터와 아즈카반의 죄수〉에서 다이애건 앨리를 호그스미드 마을로 변경할 때, 허니듀크스가 자리하게 된 곳은 〈해리 포터와 마법사의 돌〉에서는 올리밴더의 가게가 있다가 〈해리 포터와 비밀의 방〉에서 플러리시 앤 블러츠 서점으로 변했던 곳이다. 지팡이 상자와 책 들로 가득 찼던 공간이 허니듀크스로 변신하면서, 이제는 버티 보트의 모든 맛이 나는 강낭콩 젤리와 민달팽이 젤리를 포함한 온갖 과자들이 바닥에서 천장까지 가득 찼다. 가게 장식도 제품들만큼이나 화려해서, 연녹색 선반 중간중간에 솜사탕 같은 분홍색이 들어가 있다. 그래픽디자이너 미라포라 미나와 에두아르도 리마는 입에서 녹는 '빙하 눈가루'와 '이빨 깨지는 박하사탕', '마담 보볼레타의 나비 날개 사탕', '리마스 괴물 방울 드롭스' 같은 수많은 상품의 포장지를 만들었다. 소품 팀은 초콜릿 해골 인간을 만들고, 알폰소 쿠아론 감독의 나라인 멕시코에서 '죽은 자들의 날'에 먹는 화려한 색깔의 해골 모양 사탕 '칼라베라'도 만들었다. 어린 배우들이 소품을 다 먹어버리지 않도록 스태프들은 사탕 표면에 래커를 칠했다는 거짓말로 배우들에게 경고했다.

> **"허니듀크스 과자 가게는 환상적이야."**
>
> 론 위즐리, 〈해리 포터와 아즈카반의 죄수〉

> **사용자:** 허니듀크스 손님들
> **영화 속 등장:** 〈해리 포터와 아즈카반의 죄수〉

24~25쪽: 〈해리 포터와 아즈카반의 죄수〉에 나오는 화려한 허니듀크스 세트 사진들.

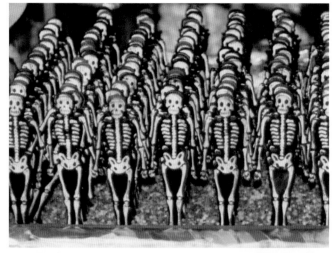

〈해리 포터와 마법사의 돌〉, 〈해리 포터와 불의 잔〉에 나오는 호그와트 급행열차의 여자 마법
가 간식 수레에서 파는 사탕들은 허니듀크스에서 제공한 것이다. 단, 이 사실은 〈해리 포터와
의 잔〉 이전에는 공개되지 않는다.

옆쪽: 치과 의사인 헤르미온느 그레인저의 부모님은 아마도 허니듀크스에서 만들어진 수백 종
사탕을 보고 경악할 것이다. 이 사탕들은 〈해리 포터와 아즈카반의 죄수〉에서 소품 팀이 제작
고 그래픽 팀에서 포장지를 만들어 붙였다.

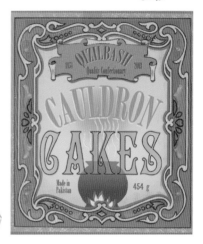

고드릭 골짜기

제임스와 릴리 포터의 집은 〈해리 포터와 마법사의 돌〉에서 잠깐 나오고, 이후 〈해리 포터와 죽음의 성물 1부〉에서 해리 포터와 헤르미온느 그레인저가 호크룩스를 쫓아 그 작은 마을을 찾았을 때 등장한다. 그곳에서 그들은 해리의 부모님 무덤을 보고, 《마법의 역사》 저자이자 알버스 덤블도어의 친구인 바틸다 백숏의 집을 방문한다. 프로덕션 디자이너 스튜어트 크레이그는 그 마을 전체를 만들 때 〈해리 포터와 마법사의 돌〉에서 잠시 비친 포터 부부의 집과 책 설명을 참고했다. "화강암을 쓴 고딕풍 호그와트나 호그스미스와 달리 아주 영국적인 분위기로 만들고 싶었어요. 고드릭 골짜기는 스코틀랜드 남부를 대표하는 스타일이에요. 부분 목재 골조 방식과 벽돌과 석회를 쓴 가옥 전면 모습은 튜터 시대풍이죠." 크레이그와 장소 섭외 관리자 수 퀸은 고드릭 골짜기와 비슷한 시골 마을을 찾아보았고, 15세기의 부분 목재 골조 가옥들이 가득한 서퍽주의 래버넘을 발견했다. "그곳은 서퍽주에서 손꼽힐 만큼 아름다운 마을이에요." 크레이그가 말한다. 하지만 촬영은 스튜디오에서 하기로 결정했는데, 리브스덴이 아닌 다른 곳이었다. "파인우드 스튜디오에는 멋진 정원이 있어요. 그곳이 영화 스튜디오가 되기 전

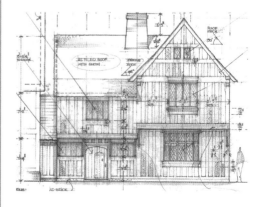

**"고드릭 골짜기에 가고 싶어.
내가 태어나고, 부모님이 돌아가신 곳."**

해리 포터, 〈해리 포터와 죽음의 성물 1부〉

사용자: 제임스 포터, 릴리 포터, 해리 포터, 바틸다 백숏, 알버스 덤블도어, 애버포스 덤블도어, 아리아나 덤블도어

촬영 장소: 잉글랜드 서퍽주 래버넘, 파인우드 스튜디오

영화 속 등장: 〈해리 포터와 죽음의 성물 1부〉

에 사유지이던 시절부터 있던 정원이죠. 거기 눈부신 삼나무가 있어요." 그는 그 나무의 넓은 가지 아래 고드릭 골짜기의 묘지가 펼쳐지고, 교회 뜰과 교회와 마을 전체가 그곳을 중심으로 퍼지는 모습을 상상했다. 교회에는 특별히 스테인드글라스 창을 만들었고, 교회 묘지 입구는 지붕이 달린 리치게이트 문이다. 고드릭 골짜기에는 2개의 거리와 여관이 있으며 폐허가 된 포터 부부의 오두막과, 해리가 볼드모트의 뱀 내기니와 맞닥뜨리는 바틸다 백숏의 집이 있다. 크레이그는 전통적인 영국 교회 묘지들도 조사했다. "영화 속 묘지는 과장되어 있어요. 일반 묘지보다 비석이 훨씬 크죠." 파인우드 촬영소에 지은 세트에 래버넘 풍경을 디지털로 합성하고, 세트 전체를 눈으로 덮었다. 대니얼 래드클리프는 그 장면을 촬영할 때 감정이 북받쳐 올랐다고 말했다.

28~29쪽, **왼쪽 위부터 시계방향으로:** 〈해리 포터와 죽음의 성물 1부〉에서 헤르미온느 그레인저가 해리 포터의 부모님 비석 앞에서 해리를 끌어안고 있다./파인우드 스튜디오에 지은 고드릭 골짜기의 모습 두 컷./세트 설계용 도면./고드릭 골짜기 세트.

마법사들의 집

그리몰드가

〈해리 포터와 불사조 기사단〉에서 불사조 기사단 멤버들의 안내에 따라 블랙 가문의 유서 깊은 집 그리몰드가 12번지로 향한 해리 포터는 거기서 위즐리 가족과 시리우스 블랙 등을 만나 볼드모트의 군대를 막을 일을 의논한다. 마법의 집인 그리몰드가 12번지는 그 집이 거기 있다는 것을 아는 사람에게만 보인다. 스튜어트 크레이그가 설명한다. "그리몰드가는 빗물 배수관 뒤에서 나타나요. 먼저 일차원으로 시작해서 이차원으로, 거기서 현관 계단이 튀어나오고 유리창이 물러나면서 삼차원이 되죠." 크레이그는 처음부터 그리몰드가 19세기 초의 주택이 많은 조지 왕조풍 광장에 위치해야 한다고 생각했다. 나란히 잇닿은 여섯 채의 집이 촬영소에 세워졌지만, 그리몰드가가 나타나는 모습은 디지털로 완성되었다. 그런 뒤 어항이 흔들리고, 커튼이 펄럭이고, 지붕에서 먼지가 떨어지는 여러 특수효과를 넣었다.

"외관은 전형적으로 조지 시대풍이에요. 하지만 그것이 마법적으로 나타나는 방식은 전형적이지 않죠. 우리는 집의 그런 특징을 실내에 반영해서 공간을 특이하게 뒤틀었어요. 현관문을 열면 통로가 아주 좁다든가 하는 식으로요." 복도와 부엌에는 인위적 원근법을 사용해서 아득한 느낌을 주며 멀리 사라지게 했다. 세트 장식가 스테퍼니 맥밀런은 시리우스 블랙이 아즈카반 탈옥 이후 숨어서 지냈기 때문에 "그 집에는 닫힌 느낌도 있"다고 말한다. "스튜어트는 높고 좁은 천장으로 그런 느낌을 주었어요. 아무도 밖을 볼 수 없도록 거울 처리된 좁고 긴 창문들도 폐쇄적인 효과를 내죠." 맥밀런은 좁은 옷장, 서랍장, 침대로 비좁은 느낌을 강화시켰다.

사용자: 블랙 가족, 불사조 기사단

촬영 장소: 리브스덴 스튜디오

등장: 〈해리 포터와 불사조 기사단〉, 〈해리 포터와 죽음의 성물 1부〉

32~33쪽, 왼쪽 위부터 시계방향으로: 길이가 9미터인 그리몰드가 12번지의 거실./〈해리 포터와 불사조 기사단〉의 몰리 위즐리(줄리 월터스)와 해리 포터./〈해리 포터와 죽음의 성물 1부〉에서 손님방에 들어가는 해리./〈해리 포터와 불사조 기사단〉에서 데이비드 예이츠 감독이 위즐리 가족의 크리스마스 파티 모습을 보고 있다./그리몰드가 전면 모습.

크레이그는 그리몰드가의 기본 색채로 흑청 잉크 색을 골랐다. 스테퍼니 맥밀런은 그 집에 넣을 가구를 산 뒤 흑단색으로 칠해 계단 및 벽 하단 굽도리널과 색깔을 맞췄고, 벨벳 커튼과 허물어지는 벽 등에는 회색을 많이 사용했다. 썩어가는 벽의 커튼과 벽지는 금장식이 들어간 300미터 넘는 길이의 진회색 인도 비단으로 만들었다. 아이들이 머무는 계단 위 손님방은 돌아가신 시리우스 블랙의 어머니가 꾸몄다는 가정하에 장식됐다. 맥밀런은 그 방에 검은 서랍장을 넣고 손때 묻은 바느질용 인체 모형을 두었다. "그리고 옛날 부채들을 모아서 검은 틀 액자에 넣고, 그 안에 죽은 나방도 넣었죠." 맥밀런이 덧붙였다.

"데이비드 예이츠는 부엌을 애초 설계보다 훨씬 더 길게 만들고 싶어 했"다고 맥밀런은 말한다. "그러면 시리우스와 해리가 가족에게서 떨어진 느낌이 강조될 것 같았거든요." 블랙가의 부엌에 넣을 6미터 길이 테이블을 찾지 못한 맥밀런은 결국 스튜디오에 그것을 만들었다. 촬영을 위해 떼어낼 수 있는 와일드 월로 지어진 부엌 벽들 앞에는 4미터 높이 식기장이 놓였다. "식기장에는 오래된 은제 그릇과 백랍 그릇이 어지럽게 쌓여 있어요. 크리처가 살림을 하기 때문이죠. 진청색과 황금색 테를 두르고 가문의 상징 문양을 새긴 도자기들도 있어요." 맥밀런은 가정적인 느낌을 주기 위해 부엌에 솥과 찻주전자들을 넣었다.

해리는 〈해리 포터와 죽음의 성물 1부〉에서 죽음을 먹는 자들에게 쫓길 때 론 위즐리, 헤르미온느 그레인저와 함께 다시 그리몰드가로 피신한다. 이때 스테퍼니 맥밀런에게는 새로운 과제가 주어졌다 "원래 있던 큰 거실도 꾸며야 했고, 영화에 나온 적 없는 시리우스와 레귤러스의 방도 만들어야 했어요. 그때는 이미 세트를 철거한 상태였기 때문에 그 집을 다시 지었죠." 맥밀런은 해리,

론, 헤르미온느가 지내는 거실에 대해서는 생각이 확고했다. "폭신한 소파는 어울리지 않아 보였어요. 등받이가 꼿꼿한 섭정 시대풍 천 소파를 놓고 싶어서 대여점에서 원하는 것을 찾았죠. 보기 흉한 커버에 덮인 두 소파의 모습이 아주 완벽했어요." 맥밀런은 그것을 팔지 않겠느냐고 물을 때의 대여점 주인의 반응을 웃으며 전했다. "그 주인이 고마워하더라고요. 아직까지 그걸 빌린 사람은 한 명도 없었다면서요." 소파는 검은색과 황금색 아시아풍 천으로 커버를 새로 씌웠다. 데이비드 예이츠는 9미터 길이 거실에 그랜드피아노를 놓자고 제안했다. "그래서 양쪽에 벽난로가 하나씩 있는 음악실 겸 거실을 만들었어요. 그리고 한쪽 벽에 제가 평생 디자인한 것 중 가장 큰 책꽂이를 넣었죠."

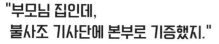

"부모님 집인데,
불사조 기사단에 본부로 기증했지."

시리우스 블랙, 〈해리 포터와 불사조 기사단〉

34~35쪽, 왼쪽 위부터 시계방향으로: 그리몰드가 12번지의 식당 겸 부엌 세트./시리우스 블랙(위)과 동생 레귤러스 블랙(아래)의 방은 둘 다 어지럽기는 하지만 명백히 다른 분위기로 꾸며졌다./시리우스의 방에 붙은 이름표.

TIQUISSIMA BLACK ✦ EN STIRPS NOBI   ISSIMA BLACK ✦ EN STIRPS NOBILIS ET GENS ANTIQU

✦ 블랙 가계도 태피스트리 ✦

블랙가의 가계도를 담은 태피스트리는 애초에는 계단 옆에 세로로 늘어뜨릴 예정이었지만, 제작진은 더 강한 인상을 주기 위해 아예 2층에 방을 따로 만들어 태피스트리로 벽을 둘렀다. 태피스트리가 벽 전체를 덮기 때문에 책에 나오는 것보다 더 자세한 가계도가 필요했고, 제작자 데이비드 헤이먼은 J.K. 롤링에게 어떤 내용을 더해야 할지 물었다. 그러자 팩스로 5세대에 걸친 사람들의 이름과 출생, 결혼, 사망일, 가족의 상징 문양과 가훈이 전송됐다. 그래픽디자이너 미라포라 미나는 롤링과 의논하며 가로로 된 가계도를 만들고, 중세의 태피스트리를 연구해 사람들의 얼굴 그림을 넣었다. "수많은 태피스트리를 보면서 마법사로 보일 만한 얼굴을 찾았어요." 그런 뒤 태피스트리를 만들 방법을 의논했다. 미나가 회상한다. "처음에는 태피스트리 제작자들을 만났어요. 그걸 실제로 만들자는 의견도 있었거든요. 하지만 다행히 진정한 영화적 방식으로, 그러니까 가짜로 만들기로 했어요." 스테퍼니 맥밀런은 양탄자의 결을 흉내 낸 직물을 찾아서 그 위에 이미지를 프린트하고, 파문당한 인물들을 지져 없앤 뒤 천을 손상시키고 마모시켜 태피스트리를 완성했다.

36~37쪽, 맨 위부터 시계방향으로: J.K. 롤링의 스케치에 토대해서 미라포라 미나가 디자인한 블랙 가문의 태피스트리. 크기를 짐작할 수 있도록 시리우스 블랙 역의 게리 올드먼 사진을 넣었다./〈해리 포터와 불사조 기사단〉에서 시리우스 블랙이 해리 포터를 끌어안고 있다./태피스트리에는 파문된 자들의 초상을 지져서 없앤 자국이 있다.

셸 코티지

"셸 코티지의 실루엣은 전형적인 틀에서 크게 벗어나지 않아요." 스튜어트 크레이그가 말한다. "그냥 영국의 작은 오두막이에요. 하지만 가까이 접근하면 재료가 특이하다는 걸 알 수 있죠." 셸 코티지는 〈해리 포터와 죽음의 성물 1부〉에서 해리 포터와 헤르미온느 그레인저, 론 위즐리, 그립훅, 올리밴더, 루나 러브굿이 말포이 저택에서 도망쳐 나온 뒤 몸과 마음을 회복하는 장소가 된다. 크레이그는 조개껍데기로 만든 집들을 조사했지만, 가장 많이 사용한 집도 조개껍데기를 표면 장식으로만 사용했을 뿐이었다. "아예 조개껍데기로 집을 지으면 더 흥미로울 거라고 생각했어요." 하지만 언제나 그렇듯이 그가 원하는 것은 집에 현실성을 주는 것이지, 정서적 느낌을 약화시킬지도 모르는 기발함이 아니었다. "기본적으로 세 가지 조개껍데기를 사용했어요. 벽은 굴 껍데기예요. 벽을 지탱할 수 있도록 아주 큰 것을 썼죠. 커다란 가리비 껍데기는 빗물을 잘 막아주어서 지붕으로 좋다고 생각했어요. 그리고 큰 맛조개 껍데기는 지붕 용마루 기와로 적격이었죠. 여전히 환상의 건물이기는 하지만 그래도 어느 정도 말이 되는 구조였어요." 지붕에 들어간 가리비 껍데기만 4,500개였다.

책에는 셸 코티지가 절벽 위에 있다고 되어 있지만, 데이비드 예이츠 감독은 배경에 부서지는 파도와 흰 물결을 넣고 싶었다. 해변 장소 물색에 나선 제작진은 잉글랜드뿐 아니라 웨일스의 해변들도 살펴보았고, 결국 웨일스의 프레시워터 비치를 골랐다. 그곳에는 큰 모래 언덕들이 있고, 크레이그가 웃으며 말하듯이 "최고의 파도를 배달"했다. 크레이그는 그 환경이 다른 것들도 전달한다고 보았다. "조개껍데기 오두막이 바닷가 모래밭에 있기 때문에 모래가 날려서 집을 묻을 수도 있어요. 그 사실이 독특한 비애를 일으킨다고 생각했죠."

제작진은 리브스덴 스튜디오에서 셸 코티지를 사전 제작한 뒤, 프레시워터 비치에 세웠다. 크레이그가 말한다. "촬영 현장에서 지으면 비용도 많이 들고, 건설 자체가 더 어려운 경우가

사용자: 빌 위즐리와 플뢰르 위즐리, 올리밴더, 그립훅, 루나 러브굿

촬영 장소: 웨일스 펨브룩셔주 프레시워터 웨스트

영화 속 등장: 〈해리 포터와 죽음의 성물 1부〉, 〈해리 포터와 죽음의 성물 2부〉

많아요. 프레시워터의 파도를 이용하는 데는 강풍이라는 대가를 치러야 했죠. 그곳에서의 작업은 몹시 힘들었어요." 바람은 집의 안정성에도 영향을 미쳤기에, 제작진은 집이 바람에 쓰러지지 않도록 내부에 강철 골격을 세우고 전체 중량이 수 톤에 이르는 대형 물통들을 매달아 고정시켰다. 크레이그는 다음과 같이 회상했다. "건축을 마쳤더니 하루에 두 번씩 밀물과 썰물이 드나드는 모습을 장면과 장면 사이에 어긋나지 않게 맞추어야 하는 문제가 생겼어요. 해변은 우리에게 몇 가지 문제를 주었지만 극적인 재미도 주었죠."

38~39쪽, 왼쪽 위에서부터 시계방향으로: 앤드루 윌리엄슨의 콘셉트 아트./ 스튜디오에서 만든 뒤 프레시워터 비치로 옮겨진 셸 코티지 최종 외관./〈해리 포터와 죽음의 성물 2부〉에서 셸 코티지 바깥의 루나 러브굿(이반나 린치)./앤드루 윌리엄슨의 콘셉트 아트.

러브굿의 집

해리 포터, 론 위즐리, 헤르미온느 그레인저는 루나 러브굿의 집을 찾아가 루나의 아버지 제노필리우스에게서 죽음의 성물에 대한 이야기를 듣는다. 제노필리우스는 이 집에서 마법 정부가 통제하는 《예언자일보》의 대안 매체 역할을 하는 싸구려 잡지 《이러쿵저러쿵》을 발행한다. 루나 러브굿을 연기한 이반나 린치는 그 집이 "어이없는 기사들을 찍어내기에 딱 맞는 장소"라고 말한다.

"J.K. 롤링은 그 집을 체스 말 중 하나인 '룩과 비슷한 모양의 검은 탑이라고 설명했어요." 스튜어트 크레이그가 말한다. "그래서 변화를 줄 만한 여지가 별로 없었죠. 저는 항상 건물을 조각한 듯한 형태로 만들려고 해요. 그래서 그 집도 그냥 원통형이 아니라 옆으로 삐딱하게 기울고 위로 갈수록 가늘어지는 형태로 구상했죠." 집 안의 가구들은 집의 원형 구조에 형태를 맞추었다. 부엌 용품, 서랍장, 책상, 책장은 벽의 곡선에 맞췄고, 벽에는 이반나 린치가 직접 그린 마법 동물을 본뜬 그림이 가득하다. 스테퍼니 맥밀런은 이반나 린치의 예술적 안목을 칭찬하며 "이반나가 멋진 아이디어를 여럿 생각해 냈"다고 말했다. "그 결과 아주 특이하면서도 포근한

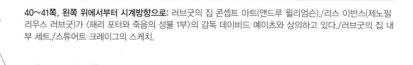

40~41쪽, 왼쪽 위에서부터 시계방향으로: 러브굿의 집 콘셉트 아트(앤드루 윌리엄슨)./리스 이반스(제노필리우스 러브굿)가 《해리 포터와 죽음의 성물 1부》의 감독 데이비드 예이츠와 상의하고 있다./러브굿의 집 내부 세트./스튜어트 크레이그의 스케치.

"비행 자두에 접근하지 마시오."
러브굿네 집 앞 표지판,
〈해리 포터와 죽음의 성물 1부〉

사용자: 루나, 제노필리우스 러브굿

촬영 장소: 리브스덴 스튜디오, 잉글랜드 요크셔
그래싱턴

영화 속 등장: 〈해리 포터와 죽음의 성물 1부〉

42~43쪽, 왼쪽 위에서부터 시계방향으로: 루나 러브굿의 사랑스러운 낙서가
가득한 모습으로 디자인된 러브굿의 집 내부./러브굿의 집 세트 외관 건축 설
계도./제노필리우스 러브굿이 《이러쿵저러쿵》을 인쇄하는 19세기 인쇄기./
앤드루 윌리엄슨의 콘셉트 아트./러브굿의 집 내부.

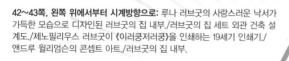

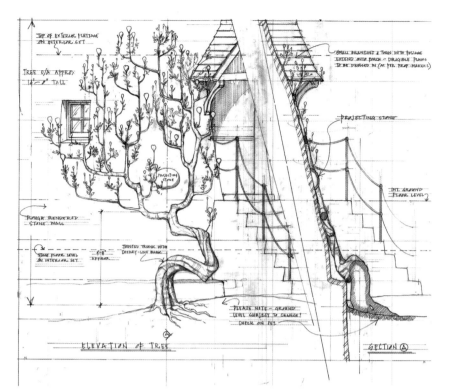

집이 만들어졌어요."

집의 중심부에는 가장 중요한 가구인 제노필리우스 러브굿의 인쇄기가 있다. 스튜어트 크레이그는 "아마 그 집의 빈 공간은 4분의 1밖에 안 될 것"이라고 설명한다. 실물 규격에 작동도 가능한 인쇄기는 1889년에 제작된 미국 인쇄기를 토대로 만들어졌다. 크레이그가 말을 잇는다. "특수효과 팀의 도움을 받았죠. 롤러가 천장을 가로지르고 벽을 오르내리며 단두대로 돌진하는 것 같은 컨베이어 벨트 시스템에 종이를 올려놓으면 재미있을 것 같아서 그렇게 만들었습니다. 결국 더 역동적이고, 더 재미있었고, 더 많은 것을 할 수 있었어요." 주변 바닥에는 《이러쿵저러쿵》 과월호들이 쌓여 있다. 그래픽 팀은 제노필리우스가 이 잡지를 7호까지 발행하면서 총 5,000부를 '찍었다'고 추정했다. 스테퍼니 맥밀런이 근처 작은 마을에 있는 인쇄 박물관에서 빌려온 오래되고 커다란 나무 활자판들이 방 여기저기에 흩어져 있다.

"아름다운 버들리 배버튼 마을에 온 것을 환영한다."

덤블도어 교수, 〈해리 포터와 혼혈 왕자〉

버들리 배버튼

덤블도어 교수는 〈해리 포터와 혼혈 왕자〉 도입부에서 해리 포터를 버들리 배버튼 마을로 데리고 간다. 그 마을에는 전직 호그와트 교수 호러스 슬러그혼이 어둠의 세력을 피해 몸을 숨긴 머글의 집이 있다. 엄밀히 보면 '마법사의 집'이라고 할 수는 없지만, 슬러그혼이 연보라색 줄무늬 안락의자로 변신해 몸을 숨긴 방법은 일반적인 머글 보안과는 거리가 멀다! 덤블도어가 지팡이로 찌르자, 의자는 슬러그혼 교수(짐 브로드벤트)로 모습을 바꾼다. 디자인 팀의 첫 과제는 안락의자 커버도 되고 잠옷도 될 만한 천을 찾는 일이었다. 의상 감독 자니 트밈은 먼저 옷이 될 수 있는 재료를 찾았다. "마침내 천을 발견한 후에 잠옷과 의자 커버를 만들 만한 양을 구매했어요. 잠옷 상의 여밈 끈이자 의자 가장자리 장식이 될 끈도 찾았죠." 특수효과 감독 팀 버크가 그 뒤를 이어받았다. "데이비드 예이츠 감독과 의논했죠. 우리 방식으로 장면을 구현하려면 짐 브로드벤트가 안락의자를 연기해야 한다는 결론이 나왔어요. 그래서 시소 비슷한 장치를 만들어서 그가 안락의자 같은 자세로 거기에 앉아 있다가 일어나서, 그러니까 사람으로 돌아와서 연기하게 했죠." 장치가 정확한 순간에 배우를 들어 올리면 배우는 "몸을 떨면서" 나오기만 하면 됐다. 의자가 잠옷으로 변하는 과정 일부는 디지털로 완성됐다. 스테퍼니 맥밀런은 슬러그혼의 잠옷 색깔에서 힌트를 얻어 그 방을 장식할 색채를 결정했다. 해리와 덤블도어가 찾아갔을 때 엉망으로 흐트러져 있던 그 집은 마법으로 곧 본래

사용자: 호러스 슬러그혼

촬영 장소: 잉글랜드 윌트셔주 라콕 마을

영화 속 등장: 〈해리 포터와 혼혈 왕자〉

모습을 회복한다. 이 장면을 만들기 위해 시각효과 팀은 먼저 잘 정돈된 상태의 거실을 스캔한 뒤, 가구가 부서지고 장식물이 흩어진 방을 다시 스캔했다. 대니얼 래드클리프(해리), 마이클 갬번(덤블도어), 짐 브로드벤트와 가구 몇 점만 있는 거의 텅 빈 방에서 장면을 촬영한 후에, 시각효과 팀은 미리 스캔해 둔 각 소품이 망가진 상태에서 본래의 상태로 변신하는 애니메이션을 만들어 실사 연기 장면에 합성했다.

44~45쪽, 왼쪽 위에서부터 시계방향으로: 버들리 배버튼 마을을 그린 앤드루 윌리엄슨의 콘셉트 아트 두 점./〈해리 포터와 혼혈 왕자〉의 덤블도어 교수와 호러스 슬러그혼./누군가 침입한 흔적을 보여주는 흩어지고 깨진 소품들./의자를 덮은 천은 슬러그혼의 잠옷 천으로도 쓰였다.

울 보육원

경험 많은 프로덕션 디자이너 스튜어트 크레이그는 때로 전혀 생각지도 않던 곳에서 아이디어를 얻는다. 〈해리 포터와 혼혈 왕자〉에서 펜시브 기억을 통해 톰 리들의 과거 장면이 등장하기 때문에 크레이그는 톰 리들이 어린 시절을 보낸 울 보육원을 만들어야 했다. "아이디어는 곧바로 떠오르기도 하지만, 참고 자료를 보다가 또는 실제로 촬영 장소를 탐색하는 중에 떠오르는 경우가 더 많아요. 어쨌거나 그동안의 경험을 통해서 어떤 것도 그냥 지나쳐서는 안 된다는 사실을 잘 알죠. 어디서 무엇을 얻을지 모르니까요." 그때 크레이그는 강변 공업 도시에 자리한 세베루스 스네이프의 집 스피너스가 될 만한 장소를 찾고 있었다. 크레이그는 다음과 같이 회고한다. "우리가 간 곳은 리버풀의 버려진 옛 부두였는데, 우연히 특이한 빅토리아 시대 건물이 보여서 사진을 찍었어요. 아주 높이 솟은 거대한 붉은 벽돌 건물이 주변을 압도하고 있었죠. 건물의 중앙 탑은 거석 같았어요. 특이한 건축물이었죠. 보육원으로는 전혀 어울리지 않았지만, 그래도 디자인 아이디어를 주었어요."

울 보육원은 리버풀이 아닌 런던에 위치한다. "우리에게는 그리몰드가 12번지를 위해 만든 런던 거리가 있었는데, 그것을 개조해서 다른 건물을 넣었어요. 약간 낡은 조지풍 거리 끝에 음울하고 불길하고 감옥 같은 건물을 세웠죠." 보육원 내부에는 광택 나는 빅토리아풍 타일을 깔았다. 크레이그가 설명한다. "빅토리아 시대의 시설들에는 그런 타일이 흔해요. 오래가고 청소하기 쉽거든요." 톰의 방에 가려면 삭막하고 엄격한 분위기의 긴 계단과 복도들을 지나야 했다. 크레이그는 "두드러지게 억압적인 모습"이라고 말한다. "행복한 장소는 절대 아니죠."

사용자: 톰 리들, 콜 선생

촬영 장소: 리브스덴 스튜디오

영화 속 등장: 〈해리 포터와 혼혈 왕자〉

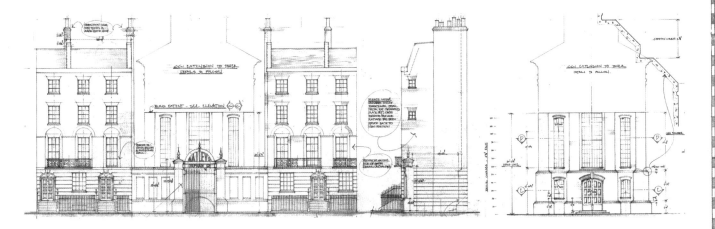

"톰, 손님 오셨다."

콜 선생, 〈해리 포터와 혼혈 왕자〉

46~47쪽, 왼쪽 위에서부터 시계방향으로: 울 보육원 앞길 콘셉트 아트(앤드루 윌리엄슨)./보육원 전면 설계도./〈해리 포터와 혼혈 왕자〉에서 젊은 덤블도어 교수(마이클 갬번)가 고아원의 톰 리들(히어로 파인스티핀)을 찾아온 장면./톰 리들의 방으로 올라가는 덤블도어 교수 콘셉트 아트./보육원 초기 스케치(스튜어트 크레이그).

"호그와트에서 도둑질은 허용되지 않는다, 톰."

알버스 덤블도어, 〈해리 포터와 혼혈 왕자〉

톰 리들의 보물

〈해리 포터와 혼혈 왕자〉에서 해리 포터는 울 보육원에서 톰 리들을 처음 만난 알버스 덤블도어의 보관된 기억을 보게 된다. 덤블도어는 물건을 훔치는 톰의 행동을 알아차리는데, 이 행동 방식은 일평생 그의 습관이 된다. 예리한 안목을 가진 관객이라면 톰의 방 창틀, 바닷가 동굴의 그림 근처에 놓여 있는 7개의 돌을 보았을 것이다. 이는 톰이 볼드모트 경이 됐을 때 만들어 숨길 호크룩스 7개를 예고하는 물건이다.

톰이 가진 작은 금속 상자에는 골무와 하모니카, 요요를 비롯한 물건들이 들어 있다. 그래픽 아티스트들은 〈해리 포터〉 영화 시리즈에서 책에 구체적으로 묘사되지 않은 물건의 상표를 만들어 내는 일을 맡을 때마다 연구 조사를 통해서 해당 물건을 만들었다. 경우에 따라서는 아티스트 본인의 배경 또는 친구나 가족들을 보고 물건을 제작하기도 했다. 하모니카는 '루카멜로디'에서 제작한 것으로 되어 있는데, 미라포라 미나의 아들인 루카의 이름을 참조했을 가능성이 크다. 하모니카 제조사가 있는 스트로베리 힐은 영국 제1대 총리의 아들이자 강박적인 물건 수집가였던 호러스 월풀의 저택 이름이다. 이 저택은 영화가 촬영된 리브스덴 스튜디오에서 겨우 한 시간 거리에 있었다.

48쪽: 〈해리 포터와 혼혈 왕자〉에서 톰 리들은 다른 학생들에게서 훔친 '보물'을 파란색과 은색으로 이루어진 금속 상자에 숨겼다. 이 상자에는 말을 타고 숲을 가로지르며 맹금류를 부리는 마법사들의 모습이 담겨 있다.

위와 아래 왼쪽: 〈해리 포터와 혼혈 왕자〉의 어린 톰 리들(히어로 파인스티핀).

아래 오른쪽: 훔친 보물들을 담아둔 상자가 톰 리들의 옷장 속에서 흔들리고 있다.

리틀 행글턴

〈해리 포터와 불의 잔〉에서 트라이위저드 대회 막바지에 호그와트의 두 대표 선수 해리 포터와 세드릭 디고리는 볼드모트와 피터 페티그루가 장치해 놓은 덫에 걸려 리들 가족이 묻힌 묘지로 순간이동한다. 스튜어트 크레이그가 말한다. "이 장면은 큰 묘지에서 펼쳐지죠. 이 세트는 아주 중요했고, 결국 시리즈 전체에서도 손꼽힐 만큼 큰 세트가 됐어요." 그 장면의 배경은 사방에 비석과 조각상이 흩어진 작은 언덕이 되어야 했는데, 그런 풍경은 만들기가 쉽지 않았다. 리틀 행글턴 묘지는 또 아주 오래된 곳이어야 했기에, 크레이그는 허물어지고 풀에 덮인 모습으로 그런 느낌을 불러일으키고자 했다. "기본적으로 썩고 무너지는 장소예요. 런던 북부 하이게이트 묘지에서 아이디어를 얻었죠. 어떤 의미에서 보면 이미 자연으로 돌아간 곳이잖아요." 1839년에 지은 하이게이트 묘지에 심긴 꽃과 나무 들은 아무도 돌보지 않아 멋대로 자라 있다.

세트는 섬뜩한 조명과 묘지의 인공 안개를 조절하기 위해 실내에 지어졌다. 크레이그가 웃으며 말한다. "실내는 안개를 가둘 수 있어서 아주 실용적이에요. 바깥에서는 바람 한 번만 불어도 안개가 다 날아갈 수 있거든요." 또 다른 실용적인 장점은 밤 장면을 낮에 찍을 수 있다는 것이었다. 제작진은 그렇게 해서 어린 배우들의 야간 촬영 제약에서 벗어날 수 있었다. 바닥에는 살아 있는 풀을 깔고, 세트에는 이끼 낀 거대한 비석을 채웠다. 일부 비석에는 스태프들의 반려동물 이름이 적혔다. 해리를 옭아매는 리들 무덤의 석상은 처음에는 하이게이트 묘지의 석상들과 비슷한 아름다운 천사의 모습으로 디자인했지만, 무덤 주인의 성격을 반영해 '죽음의 천사'로 바꾸었다.

"세드릭, 컵을 잡아. 빨리!"

해리 포터, 〈해리 포터와 불의 잔〉

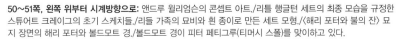

50~51쪽, 왼쪽 위부터 시계방향으로: 앤드루 윌리엄슨의 콘셉트 아트./리틀 행글턴 세트의 최종 모습을 규정한 스튜어트 크레이그의 초기 스케치들./리들 가족의 묘비와 흰 종이로 만든 세트 모형./〈해리 포터와 불의 잔〉 묘지 장면의 해리 포터와 볼드모트 경./볼드모트 경이 피터 페티그루(티머시 스폴)를 맞이하고 있다.

말포이 저택

말포이 저택은 순수 혈통 마법사 말포이 가문의 유서 깊은 대저택이다. 〈해리 포터와 죽음의 성물 1부〉에서 볼드모트 경은 이 집을 세력이 커져가는 자신의 군대 기지로 삼는다. 영화 속 장면들은 2개의 대형 세트에서 촬영되었다. 스튜어트 크레이그는 그만한 세트를 지으려면 얼마나 넓은 장소가 필요할지 생각해 보았다. "저택의 1층 현관홀과 2층 대형 거실은 호화로운 계단으로 연결되어 있어요. 먼저 겉모습을 결정하고 그걸 토대로 내부를 만들기로 했죠." 크레이그와 스테퍼니 맥밀런은 예전부터 엘리자베스 시대인 1590년에 지어진, 출신은 보잘것없지만 강인한 성품과 네 번의 결혼으로 큰 재산을 모은 하드윅의 베스가 지은 하드윅 홀이라는 건물을 좋아했다. 하드윅 홀은 하드윅의 베스가 "벽보다 유리가 더 많은" 건물을 짓겠다고 단언하며 설계한 것으로 알려져 있다. 크레이그가 말한다. "건물 정면에 대형 창문들이 가득해요. 그래서 건물 안쪽이 어두우면 신비감과 위협감과 마법적인 느낌이 들죠. 그러니까 거대한 유리창 안쪽으로 어둠 밖에 보이지 않으면요." 크레이그는 그 시절 부의 상징이었던 하드윅 홀의 유리창이 마음에 들었지만, 지붕은 그렇지 않았다. "그래서 지붕을 마법 세계의 일부처럼 만들었어요. 말포이 저택의 첨탑은 호그와트의 첨탑들하고도 연결되지만, 그러면서도 불길한 느낌을 주죠. 저는 완성된 실루엣이 아주 근사하다고 생각했어요. 때로는 단순히 다르게 하기 위해 다르게 만드는 것도 좋죠." 크레이그는 창문 안을 캄캄하게 하거나 덧창을 닫은 콘셉트 아트를 만들었다. "그러니까 이 건물은 건물의 눈인 창문이 이렇게 거대하지만 아무것도 보이지 않아요. 스네이프가 전면 진입로를 통해 정문에 다가갈 때 드러나는 집 외관의 첫인상이 아주 강렬하다고 생각했어요." 내부도 똑같은 건축 방식을 따랐다. "아주 강력한 스타일이에요. 우리는 일부러 묵직한 디자인을 선택했어요. 말포이가 얼마나 부자인지는 모르겠지만 어쨌긴 그는 중요 인물이고 악

"자넨 어때, 루시우스?"

볼드모트 경, 〈해리 포터와 죽음의 성물 1부〉

아래, 53쪽: 말포이 저택의 정문과 외딴 환경을 보여주는 닉 핸더슨의 콘셉트 아트.

사용자: 루시우스 말포이, 나르시사 말포이, 드레이코 말포이, 볼드모트, 죽음을 먹는 자들

세트 모델: 영국 더비셔주 하드윅 홀

영화 속 등장: 〈해리 포터와 죽음의 성물 1부〉, 〈해리 포터와 죽음의 성물 2부〉

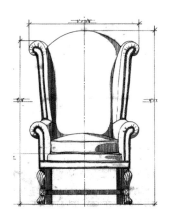

당이에요. 건물도 그 점을 반영해서 크고 불길하게 만들었죠." 계단이 2층으로 올라가지만, 그곳에 방은 하나뿐이다. 크레이그가 말한다. "거기에는 문도 없어요. 양옆으로 갈라진 대형 계단이 그냥 이 방으로 이어지죠. 다른 데로 나가는 문도 없고요." 이런 구조는 이야기에 따른 것이다. "헤르미온느가 그 2층 방에서 벨라트릭스에게 고문 받으며 비명 지를 때, 그 소리가 집 아래쪽에도 들려야 했어요. 소리를 가로막는 방해물이 있으면 안 됐죠. 그곳이 계단과 연결된 중요하고도 유일한 공간이 되어야 했어요." 크레이그의 표현에 의하면 덕분에 다행히, 아니면 불행히 "일단 올라가면 갇힐 수밖에 없"다!

볼드모트가 추종자들을 만나는 방은 높은 천장과 커다란 샹들리에 등으로 분위기를 과장했다. 미술 감독 해티 스토리는 5개의 샹들리에를 결합해서 샹들리에 디자인을 만들었다. 샹들리에의 유리 방울들은 도비가 그것을 떨어뜨릴 때 계획한 방식으로 박살난다. 벽난로는 두드러지게 크고, 방 가운데에는 웅장한 테이블이 있다. 스테퍼니 맥밀런이 말한다. "우리는 말포이 저택에 놓기 위해 10미터쯤 되는

길이의 테이블을 만들었어요. 그리고 목공소에서 제작한 제임스풍 의자 30개를 거기 둘러놓았죠." 테이블은 촬영 편의를 위해 두 부분으로 분리할 수 있었다. 스튜어트 크레이그는 "촬영이 끝나면 사람들이 집에 가져가고 싶어 할 소품과 가구가 많았지만, 그 테이블은 너무 육중했"다고 말한다. "아마 어디로도 옮길 수 없었을 거예요."

54~55쪽, 왼쪽 위에서부터 시계방향으로: 채러티 버비지가 죽음을 먹는 자들의 회의에서 천장에 매달린 모습 콘셉트 아트(앤드루 윌리엄슨)./말포이 저택의 지하실./〈해리 포터와 죽음의 성물 1부〉 말포이 저택 세트에 서 있는 데이비드 예이츠 감독./저택의 안락의자 도면(해티 스토리).

스피너스가

사용자: 세베루스 스네이프, 피터 페티그루

촬영 장소: 리브스덴 스튜디오

영화 속 등장: 〈해리 포터와 혼혈 왕자〉

〈해리 포터와 혼혈 왕자〉 초반에 나르시사 말포이와 벨라트릭스 레스트레인지 자매는 세베루스 스네이프의 집인 스피너스가를 찾아간다. 삭막한 사각형 벽돌 건물들로 꽉 찬 공장 도시에 자리 잡은 스피너스가는 쓸쓸하고 숨 막힐 듯 답답한 집이다. "면직물 공업으로 유명한 랭커셔와 모직물 공업의 요크셔는 19세기 영국 섬유 산업의 중심지들이죠. 우리는 거기 가서 집들을 살펴봤어요. 서로 총총 포개진 채 끝없이 펼쳐져 있었죠. 마법 세계와는 정반대였어요." 그 집들은 대부분 아래위층에 각각 방이 2개씩 있고, 작은 뒷마당에 화장실이 있는 구조였다. 크레이그는 거기에서 현지 촬영을 할까 생각도 해보았지만, 건물 자체는 그대로라도 실내에 현대식 부엌과 플라스틱 설비들이 있어서 결국 촬영장에 세트를 지어야 했다.

스테퍼니 맥밀런은 수수께끼와 비밀에 싸인 집주인을 생각하며 스피너스가의 실내를 꾸몄다. "책에 스네이프의 집, 그러니까 그의 부모님의 집은 책으로 가득 찼다고 되어 있어서 사방에 책을 넣었어요. 별 특징이 없어 보이도록 대개 진갈색, 파란색, 검은색 표지 책들로 채웠죠." 맥밀런은 그 방에 회색 풍경화들을 넣었다. 그런데 방이 완성되자 앨런 릭먼이 맥밀런에게 한 가지 깨달음을 주었다. "그가 세트에 들어와서 제가 꾸민 장식을 보더니, 방에 그림은 어울리지 않는 것 같다고 말했어요. 저는 그 말에 동의하고 그림을 전부 없앴죠. 그러자 더욱 몰개성하고 스네이프의 성격처럼 약간 냉랭한 분위기가 완성됐어요."

56~57쪽, 위에서부터 시계방향으로: 나르시사 말포이(헬렌 매크로리)와 벨라트릭스 레스트레인지가 스피너스가 자리한 공업 도시로 향하는 장면 콘셉트 아트(앤드루 윌리엄슨). 영화에는 등장하지 않았다./스피너스가 세트장의 헬렌 매크로리와 헬레나 보넘 카터./《해리 포터와 혼혈 왕자》의 세베루스 스네이프(앨런 릭먼)./스튜어트 크레이그의 사전 스케치.

려놔, 벨라트릭스. 네 게 아니잖아."
베루스 스네이프, 〈해리 포터와 혼혈 왕자〉

버로

해리는 〈해리 포터와 비밀의 방〉에서 악몽 같은 여름방학을 보내던 중 론과 쌍둥이에게 구출되어 처음으로 위즐리 가족의 집인 버로에 가게 된다. 론은 해리에게 이렇게 말한다. "별거 없어. 그냥 집이야." 크리스 콜럼버스 감독은 말한다. "버로는 기발하면서도 뭔가 괴상하고 마법의 물건으로 가득하지만, 그래도 해리가 매우 편안하게 여길 수 있는 따뜻한 가족의 집처럼 느껴지길 바랐습니다." 버로는 아무렇게나 지은 것 같은 모습이지만, 스튜어트 크레이그는 거기에도 나름의 합리성과 현실성이 있다고 말한다. "책에는 그 집이 돼지우리 같다고 나와요. 그래서 단순한 튜더풍 단층집에 돼지우리를 붙였죠. 이것이 전체의 토대가 되었어요." 크레이그는 아서 위즐리가 집을 증축할 때 옆이 아닌 위로 늘리고, 그가 머글 물건에 관심이 많기 때문에 건축 폐품을 사용해서 지었을 거라고 생각했다. "정확히 말하면 머글의 폐품이죠. 그러니까 그 집은 어수선한 마법사 집이지만 현실에서 흔히 구할 수 있는 재료로 지어졌어요. 지붕 골조는 버린 목재로 만들고 지붕재는 슬레이트, 타일, 나무널 등 구할 수 있는 것이라면 아무것이나 다 써서 덮었죠. 신기하게 생긴 굴뚝이 그 중심에 솟아 있고, 증축한 방들이 거기 매달려서 수직 더미를 이뤄요." 그리고 그는 평지에 수직 구조를 세워야 한다고 생각했다. "우리는 도싯주 체실 비치 근처의 아름다운 습지를 방문한 뒤에 그곳의 풍경과 이 세트를 결합하기로 했어요. 이 집은 그 장면의 유일한 수직 물체라서 시각적으로 흥미로웠죠." 버로를 습지에 위치시키자 크레이그의 생각대로 머글들의 눈에 띄지 않는 외딴 곳에 자리한 분위기가 났다.

사용자: 아서·몰리·빌·찰리·퍼시·프레드·조지·론·지니 위즐리

촬영 장소: 잉들랜드 도싯주 체실 비치, 리브스덴 스튜디오

등장: 〈해리 포터와 비밀의 방〉, 〈해리 포터와 불의 잔〉, 〈해리 포터와 혼혈 왕자〉, 〈해리 포터와 죽음의 성물 1부〉

58쪽: 버로 거실의 세트 사진.
위: 버로 응접실에는 흙 빛깔의 색상이 쓰였다.
아래: 스튜어트 크레이그가 그린 스케치를 보면, 버로는 리브스덴 스튜디오 옥외 촬영장과 맞닿은 들판에 있다.

버로의 실내 역시 비슷한 방식으로 디자인했다. 스테퍼니 맥밀런은 그 안에 서로 잘 어울리지 않는 여러 물건과 장식품을 놓았다. 맥밀런이 말한다. "계단은 세 칸마다 다른 카펫을 놓았어요. 문과 창문도 똑같은 것이 없었죠. 중고 상점이나 알뜰 상점에서 사거나 길에서 주운 물건들을 사용했는데, 상당수는 아서 위즐리가 마법 정부에서 일하며 손에 넣은 것이라고 생각했어요. 새것은 없었죠." 위즐리 가족의 벽시계는 그들이 집에 있든 학교에 있든 좀 더 나쁜 처지에 있는 가족 하나하나의 위치를 추적한다. 대니얼 래드클리프는 말한다. "영화 전체에서 제가 가장 좋아했던 소품이에요. 가족들이 어디에 있는지, 가족들한테 무슨 일이 일어나고 있는지 보여주죠. 치명적으로 위험한 상황에 처해 있더라도요." 이 시계의 침은 그린스크린 소재를 붙인 가위 손잡이로 만들었다. 벽에는 미술 팀원의 자녀들이 그린 그림이 붙었으며, 중심 색조는 위즐리 가족이 가장 좋아하는 오렌지색이었다. 맥밀런은 몰리 위즐리의 뜨개질 취미까지 고려해 편물 기술자를 불러다가 매트리스 패드와 찻주전자 커버를 뜨게 하고, 〈불의 잔〉에서는 론을 위한 특별 물건도 만들게 했다. "셜리 랭카스터는 처들리라는 이름을 새긴 커다란 오렌지색 담요를 떴어요. 론이 가장 좋아하는 퀴디치 팀이 처들리 캐넌스이기 때문이죠. 그리고 거기에 하늘을 나는 퀴디치 선수의 멋진 모습도 넣었어요." 이 담요는 맥밀런이 가장 좋아하는 소품 중 하나다.

해리는 〈불의 잔〉에서 다시 버로에서 하룻밤을 자고, 〈혼혈 왕자〉에서는 위즐리 가족과 함께 크리스마스를 보낸다. 그들은 거기서 죽음을 먹는 자들의 공격을 피하지만 집이 불타고 만다. 특수효과 스태프들은 버로의 모형을 만들어서 단계적으로 불태웠다. 미술 감독 게리 톰킨스는 3분의 1 크기의 6미터짜리 축소 모형을 만들었는데, 이 모형을 만드는 데 6개월이 걸렸고 불타 없어지는 데는 6분이 걸렸다. 버로 모형이 실물 세트와 정확히 일치해야 했기 때문에 작은 창문, 오렌지색 커튼, 벽돌 굴뚝을 비롯한 모든 것이 복제되었다. 그 축소 모형은 마당의 나무 양동이와 돼지저금통 등 모든 것에서 완벽하게 일치했다.

따라서 〈죽음의 성물 1부〉에서 스튜어트 크레이그와 스테퍼니 맥밀런은 위즐리 집을 새롭게 만들어야 했다. 크레이그가 말한다. "그 집은 새 목재를 쓰고 새로 페인트를

칠해서 전만큼 이상해 보이지는 않아요. ……하지만 큰 차이는 없어요." 스테퍼니 맥밀런이 거든다. "우리는 가구를 전부 바꾸고 부엌을 새로 만들고 피아노를 뒀어요. 불이 나도 살아남을 만한 벽난로는 그대로 두고 나머지는 모두 교체했어요." 맥밀런과 팀원들은 짝이 맞지 않는 도자기와 의자들, 닳아빠진 가구들을 벼룩시장이나 개인 창고에서 열린 중고 장터에서 구매했지만 좀 더 현대적인 물건들을 찾아 몰리 위즐리가 집 안 장식물을 새것으로 바꿀 기회를 찾고 있었다는 것을 추측할 수 있도록 했다.

몰리 위즐리 역을 맡은 배우 줄리 월터스가 말한다. "정말 근사하고 가정적인 집이에요. 겉모양이나 야망 따위가 아니라 사랑, 보호, 보살핌이 중요한 거죠. 그래서 위즐리 가족이 특별한 거예요. 아주 멋진 가족이에요!"

〈죽음의 성물 1부〉 도입부에서는 위즐리가의 장남 빌과 트라이위저드 대회 보바통 대표 선수인 플뢰르 들라쿠르의 결혼식이 열려 가족과 친지가 모두 모인다. 크레이그가 설명한다. "우리는 플뢰르 들라쿠르의 부모님 취향이 결혼식에 크게 반영됐다고 설정했어요. 들라쿠르 씨가 신부 아버지로서 결혼식 비용을 대고, 그에 따라 식을 프랑스풍으로 꾸미는 일은 얼마든지 가능하니까요. 우리는 그 생각을 밀고 나가서, 그림 그린 실크를 사용해 18세기 프랑스풍 장식 촛대들이 공중을 떠다니는 세련되고 부드러운 실내를 만들었죠. 그 우아한 분위기는 위즐리 가족과 동떨어져 보이고, 그들의 집과 유쾌한 대조를 이뤄요." 크리스마스 무도회에서 은색이 연회장을 뒤덮은 것처럼 결혼식 텐트의 꽃, 식탁보, 카펫이 보라색에 휘감겼다. 텐트는 파키스탄에서 제조된 범포 비슷한 불연성 천으로, 그 가장자리에 진보라색 프랑스풍 문양을 새긴 보라색 인도 실크를 댔다. 맥밀런은 "마법사 느낌의" 검은 인조 대나무 의자들을 구했고, 시각효과 팀은 텐트 폴대 주변에 검은 나비들이 날아다니는 모습을 만들었다. 결혼식 손님의 수는 처음부터 중요한 고려 대상이었다. "우리는 초기에 좌석 배치를 했어요. 위즐리 가족이 큰 원탁에 앉고, 들라쿠르 가족이 또 다른 큰 원탁에 앉았죠. 다른 테이블은 여섯 명씩 앉았어요. 모두 합해서 백삼십 명 정도였을 거예요." 맥밀런은 "스트레스가 너무 많았다!"고 토로하며, 앞으로는 결혼식 디자인을 하고 싶지 않다고 말했다.

소품 팀은 고무 받침에 얹은 인조 조각 케이크, 소형 케이크, 초콜릿 에클레어 4,000개를 '만들었다'. 피로연장에 죽음을 먹는 자들이 침입해서 모든 것을 날려버리기 때문에 금속이나 유리는 쓸 수 없었다. 4층짜리 웨딩 케이크 아이싱에는 18세기 프랑스 정원의 철망 아치를 본뜬 '트레야주' 디자인을 넣었다.

〈해리 포터〉 시리즈는 마법 텐트부터 사탕 가게, 마법약 교실, 숨어 있는 집, 숲지기의 오두막에 이르는 다양한 종류의 세트를 총 600개 가까이 제작했다. 크레이그는 "각 편마다 완전히 새로운 세트와 소품들이 필요했다"고 회상한다. "끊임없이 새로운 작업을 해야 했지만 그게 바로 이 작업의 매력이죠."

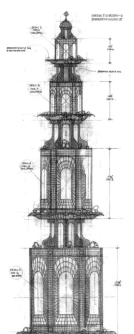

"아늑한데?"

해리 포터,
〈해리 포터와 비밀의 방〉

60~61쪽, 왼쪽 위에서부터 시계방향으로: 식구들을 한 명 한 명 가리키는 위즐리 가족의 시계./화려한 프랑스풍 결혼식 텐트를 보여주는 앤드루 윌리엄슨의 그림./〈해리 포터와 죽음의 성물 1부〉를 위해 만든 세트 모습./화려한 웨딩 케이크 도면(에마 베인)./〈더들리 캐넌스〉를 응원하는 손뜨개 담요(셜리 랭카스터).

62~63쪽: 〈해리 포터와 죽음의 성물 1부〉에 나온 빌 위즐리와 플뢰르 들라쿠르의 결혼식. 앤드루 윌리엄슨 그림.

해리 포터 필름 볼트 Vol. 10
: 마법사 세계의 집과 마을

초판 1쇄 인쇄 2021년 10월 20일
초판 1쇄 발행 2021년 12월 29일

지은이 | 조디 리벤슨
옮긴이 | 고정아, 강동혁
발행인 | 강봉자, 김은경

펴낸곳 | (주)문학수첩
주소 | 경기도 파주시 회동길 503-1(문발동 633-4) 출판문화단지
전화 | 031-955-9088(마케팅부), 9532(편집부)
팩스 | 031-955-9066
등록 | 1991년 11월 27일 제16-482호

홈페이지 | www.moonhak.co.kr
블로그 | blog.naver.com/moonhak91
이메일 | moonhak@moonhak.co.kr

ISBN 978-89-8392-879-5 04840
      978-89-8392-869-6(세트)

* 고유명사 등의 용어는 《해리 포터》 20주년 새 번역본을 따랐습니다.
* 파본은 구매처에서 바꾸어 드립니다.